Voltaire

Les systèmes et les cabales ...

LES SYSTEMES
ET
LES CABALES,
AVEC
DES NOTES INSTRUCTIVES;
ENSUITE
LA BEGUEULE;
ET
JEAN QUI PLEURE ET QUI RIT;

1772.

par M. de Voltaire.

Par Voltaire,

LES
SYSTEMES.

Lorsque le seul Puissant, le seul Grand, le seul Sage,
De ce monde, en six jours, eut achevé l'ouvrage,
Et qu'il eut arrangé tous les célestes corps;
De sa vaste machine il cacha les ressorts,
Et mit sur la nature un voile impénétrable.
J'ai lu chez un Rabin que cet Etre inéfable
Un jour, devant son trône, assembla nos docteurs;
Fiers enfans du sophisme, éternels disputeurs;
Le bon Thomas d'Aquin (1), Scot (2), & Bonaventure (3),
Et jusqu'au Provençal éleve d'Epicure (4),
Et ce maître René (5), qu'on oublie aujourd'hui;
Grand fou persécuté par de plus fous que lui;
Et tous ces beaux esprits dont le savant caprice
D'un monde imaginaire a bâti l'édifice.
Ça, mes amis, dit Dieu, *devinez mon secret:*
Dites-moi qui je suis, & comment je suis fait.
Et dans un supplément dites-moi qui vous êtes:
Quelle force, en tout sens, fait courir les comètes;

Et pourquoi, dans ce globe, un destin trop fatal,
Pour une once de Bien, mit cent quintaux de Mal.
Je sais que, grace aux soins des plus nobles génies;
Des prix sont proposés par les Académies :
J'en donnerai. Quiconque approchera du but,
Aura beaucoup d'argent, & sera son salut.

Il dit, Thomas se lève à l'auguste parole,
Thomas le Jacobin, l'Ange de notre école,
Qui de cent argumens se tira toujours bien,
Et répondit à tout, sans se douter de rien.

Vous êtes, lui dit-il, *l'existence & l'essence*, (6)
Simple avec attributs, acte pur & substance,
Dans les tems, hors des tems : fin, principe & milieu;
Toujours présent par tout sans être en aucun lieu.

L'Eternel, à ces mots, qu'un Bachelier admire;
Dit : *courage, Thomas !* & se mit à sourire.
Descartes prit sa place avec quelque fracas,
Cherchant un tourbillon qu'il ne rencontrait pas;
Et le front tout poudreux de matière subtile,
N'ayant jamais rien lu, pas même l'Evangile.

Seigneur, dit-il à Dieu; *ce bon homme Thomas*
Du rêveur Aristote a trop suivi les pas.
Voici mon argument, qui me semble invincible :
Pour être, c'est assez que vous soyez possible (7);

Quant à votre Univers, il est fort imposant;
Mais, quand il vous plaira, j'en ferai tout autant (8):
Et je puis vous former d'un morceau de matiere
Elémens, animaux, tourbillons & lumière,
Lorsque du mouvement je saurai mieux les loix:
Dieu sourit de pitié pour la seconde fois.
L'incertain Gassendi, ce bon prêtre de Digne,
Ne pouvait du Breton souffrir l'audace insigne,
Et proposait à Dieu ses atômes crochus (9),
Quoique passés de mode, & dès longtems déchus:
Mais il ne disait rien sur l'essence suprême.
Alors un petit Juif, au long nez, au teint blême;
Pauvre, mais satisfait; pensif & retiré;
Esprit subtil & creux, moins lu que célébré,
Caché sous le manteau de Descartes son maître;
Marchant à pas comptés, s'approcha du grand-Etre.
Pardonnez-moi, dit-il, en lui parlant tout bas;
Mais je pense, entre nous, que vous n'existez pas (10):
Je crois l'avoir prouvé par mes Mathématiques,
J'ai de plats Ecoliers, & de mauvais Critiques.
Jugez-nous. — A ces mots, tout le globe trembla;
Et d'horreur & d'effroi St. Thomas recula.
Mais Dieu clément & bon, plaignant cet infidèle;
Ordonna seulement qu'on purgeât sa cervelle;

Et doucement l'exclut du Sénat des Savans:
Il partit, mais suivi de quelques partisans.
Nos Docteurs, qui voyaient avec quelle indulgence
Dieu daignait compatir à tant d'extravagance,
Etalerent bientôt cent belles visions,
De leur esprit pointu nobles inventions:
Ils parlaient, disputaient, & criaient tous ensemble.
Ainsi, lorsqu'à dîner un amateur assemble
Quinze ou vingt beaux esprits, fameliques auteurs,
Rimeurs, compilateurs, chansonneurs, traducteurs;
La maison retentit des cris de la cohue,
Les passans ébahis s'arrêtent dans la rue.
D'un air persuadé Mallebranche assûra
Qu'il faut parler au Verbe, & qu'il nous répondra (11).
Arnaud dit que de Dieu la bonté souveraine,
Exprès pour nous damner, forma la race humaine (12).
Leibnitz avertissait le Turc & le Chrétien,
Que sans son harmonie on ne comprendra rien (13);
Que Dieu, le monde & nous, tout n'est rien sans monades.
Le courier des Lapons, dans ses turlupinades (14),
Veut qu'on aille au détroit, où vogua Magellans,
Pour se former l'esprit, disséquer des géans.
Nôtre consul Maillet (15) (non pas consul de Rome)

Sait comment ici-bas naquit le premier homme.
D'abord il fut poisson. De ce pauvre animal
Le berceau très-changeant fut du plus fin cristal;
Et les mers des Chinois sont encore étonnées
D'avoir, par leurs courans, formé les Pirenées.
Chacun fit son systême; & leurs doctes leçons
Semblaient partir tout droit des petites-maisons.
Dieu ne se fâcha point: c'est le meilleur des pères:
Et sans nous engourdir par des loix trop austères,
Il veut que ses enfans, ces petits libertins,
S'amusent en jouant de l'œuvre de ses mains.
Il renvoya le prix à la prochaine année;
Mais il vous fit partir, dès la même journée,
Son ange Gabriel, ambassadeur de paix,
Tout pétri d'indulgence, & porteur de bienfaits.
Le Ministre emplumé vola dans vingt provinces;
Il visita des Saints, des Papes & des Princes,
De braves Cardinaux & des Inquisiteurs,
Dans le siecle passé dévôts persécuteurs.
Messeigneurs, leur dit-il, *le bon Dieu vous ordonne*
De vous bien divertir, sans molester personne.
Il a sçu qu'en ce monde on voit certains Savans,
Qui sont, ainsi que vous, de fieffés ignorans:
Ils n'ont ni volonté, ni puissance de nuire:

Pour penser de travers, hélas! faut-il les cuire!
Un livre, croyez-moi, n'est pas fort dangereux;
Et votre signature est plus funeste qu'eux.
En Sorbonne, aux Charniers (16), *tout se mêle d'écrire:*
Imitez le bon Dieu qui n'en a fait que rire.

NOTES

Par Mr. DE MORZA.

(1) *Le bon Thomas d'Aquin.* . . . .

Nous n'avons de St. Thomas d'Aquin que dix-sept gros volumes bien avérés; mais nous en avons vingt & un d'Albert. Aussi celui-ci a été surnommé *le Grand.*

(2) *Scot.* . . . . .

Scot est le fameux rival de *Thomas.* C'est lui qu'on a cru mal-à-propos l'Instituteur du dogme de l'*Immaculée Conception*; mais il fut le plus intrépide défenseur de *l'Universel de la part de la chose.*

(3) *Bonaventure.* . . . . .

Nous avons de *S. Bonaventure* le Miroir de l'ame; l'Itinéraire de l'esprit à Dieu, la Diette du Salut, le Rossignol de la Passion, le bois de vie, l'aiguillon de l'amour, les flammes de l'amour, l'art d'aimer, les vingt-cinq mémoires, les quatre vertus cardinales, les sept chemins de l'Eternité, les six aîles des Chérubins, les six aîles des Séraphins, les cinq fêtes de l'Enfant Jésu, &c.

(4) . . . *Provençal, élève d'Epicure.*

Gassendi, qui ressuscita pendant quelque temps le Systême d'Epicure. En effet, il ne s'éloigne pas de penser que l'homme a trois ames, la végétative qui fait circuler toutes les liqueurs ; la sensitive qui reçoit toutes les impressions ; & la raisonnable qui loge dans la poitrine. Mais aussi il avoue l'ignorance éternelle de l'homme sur les premiers principes des choses ; & c'est beaucoup pour un Philosophe.

(5) *Et ce maître René. . . .*

Descartes était le contraire de Gassendi : celui-ci cherchait, & l'autre croiait avoir trouvé. On sait assez que toute la Philosophie de Descartes n'est qu'un Roman mal tissu, qu'on ne se donne plus la peine ni de réfuter, ni d'examiner. Quel homme aujourd'hui perd son temps à rechercher comment des dez tournant sur eux mêmes dans le plein, ont produit des soleils, des planettes, des terres & des mers ? Les partisans de ces chimères les appellaient les hautes sciences, & ils se moquaient d'Aristote, & ils disaient, nous avons de la méthode. On peut comparer le systême de Descartes à celui de Lass, tout deux étaient fondés sur la synthese. Descartes vint dans un temps où la raison humaine était égarée, Lass se mit à philosopher en France, lorsque l'argent du royaume était plus égaré encore. Tous deux éleverent leur édifice sur des vessies. Les tourbillons de Descartes durérent une quarantaine d'années, ceux de Lass ne subsisterent que dix-huit mois. On est plutôt détrompé en arithmétique qu'en philosophie.

(6) . . . . *L'existence & l'essence, &c.*

Ce sont les propres paroles de St. Thomas d'Aquin. D'ailleurs toute la partie métaphysique de sa *somme* est fondée sur la métaphysique d'Aristote.

(7) *Pour être, c'est assez que vous soyez possible.*

Voici où est (ce me semble) le défaut de cet argument ingénieux de Descartes. Je conclus l'existence de l'Etre nécessaire

saire & éternel, de ce que j'ai apperçu clairement que quelque chose existe nécessairement & de toute éternité; sans quoi il y aurait quelque chose qui aurait été produit du néant & sans cause, ce qui est absurde : donc un Etre a existé toujours nécessairement & par lui-même. J'ai donc conclu son existence de l'impossibilité qu'il ne soit pas, & non de la possibilité qu'il soit. Cela est délicat, & devient plus délicat encore, quand on ose sonder la nature de cet Etre éternel & nécessaire. Il faut avouer que tous ces raisonnemens abstraits sont assez inutiles; puisque la plupart des têtes ne les comprennent pas. Il serait assurément d'une horrible injustice & d'un énorme ridicule, de faire dépendre le bonheur & le malheur éternel du genre humain de quelques argumens que les neuf dixiemes des hommes ne sont pas en état de comprendre. C'est à quoi ne prennent pas garde tant de Scolastiques orgueilleux & peu sensés qui osent enseigner & menacer. Quand un Philosophe serait le maître du monde, encore devrait-il proposer ses opinions modestement. C'est ainsi qu'en usait Marc Aurele & même Julien. Quelle différence de ces grands hommes à Garasse, à Nonote, à l'abbé Guion, à l'Auteur de la gazette ecclésiastique, au malheureux Paullien l'exjésuite, & à tant d'autres polissons!

(8) *J'en ferai tout autant.*

Donnez-moi de la matiere & du mouvement, & je ferai un monde. Ces paroles de Descartes sont un peu téméraires; elles n'auraient pas été permises à Platon. Passe qu'Archimède ait dit : Donnez-moi un point fixe dans le ciel, & j'enléverai la terre : il ne s'agissait plus que de trouver le levier. Mais qu'avec de la matière & du mouvement on fasse des organes sentants & des têtes pensantes, cela est bien fort. Je doute même que Descartes & le Pere Mersenne ensemble eussent pu donner à la matière la gravitation vers un centre;

Après tout, Descartes avait de la matière, & du mouvement ; nous n'en manquons pas. Que ne travaillait-il ? Que ne faisait-il un petit automate de monde ? Avouons que dans toutes ces imaginations, on ne voit que des enfans qui se jouent.

(9) . . . . . . *Ses atômes crochus.*

Démocrite, Epicure, Lucrèce avec leurs atômes déclinant dans le vuide, étaient pour le moins aussi enfans que Descartes avec ses tourbillons tournoiants dans le plein. Et l'on ne peut que déplorer la perte d'un temps précieux employé a étudier sérieusement ces fadaises par des hommes qui auraient pu être utiles.

Où est l'homme de bon sens qui ait jamais conçu clairement que des atômes se soient assemblés pour aller en ligne droite, & pour se détourner ensuite à gauche ; moyennant quoi ils ont produit des astres, des animaux, des pensées ? Pourquoi de tant de fabricateurs de mondes, ne s'en est-il pas trouvé un seul qui soit parti d'un principe vrai, & reçu de tous les hommes raisonnables ? Ils ont adopté des chimères & ont voulu les expliquer ; mais quelle explication ! Ils ressemblaient parfaitement aux Commentateurs des anciens Historiens. La Tour de Babel avait vingt-mille piés de haut : donc les maçons avaient des grues de plus de vingt-mille piés pour élever leurs pierres. Le lit du Roi Og était de quinze piés & demi de long ; donc la taille du Roi Og était de quinze piés. Le Serpent qui eut de longues conversations avec Eve, ne put lui parler qu'en hébreu ; car il devait lui parler en sa langue pour être entendu, & non en la langue des Serpens. Et Eve devait parler le pur hébreu, puisqu'elle était la mère des Hébreux, & que ce langage n'avait pu encore se corrompre. C'est sur des raisons de cette force que furent appuiés long-tems tous les commentaires & tous les systêmes. Hérodote a dit que le soleil avait changé deux fois de levant & de couchant; & sur cela on a recherché par quel mouvement ce phénomene s'était opéré. Des savans se sont distilés le cerveau pour comprendre comment le cheval d'Achille avait parlé grec, comment la nuit que Jupiter passa avec Alcmene fut une fois plus longue qu'elle ne devait être, sans que l'ordre de la nature fut dérangé, comment le soleil avait reculé au souper d'Atrée & de Thieste, par quel secret Hercule était resté trois jours & trois nuits enseveli dans le ventre d'une baleine, par quel art au son d'un instrument les murs de.... Enfin on a compilé & empilé des écrits sans nombre pour trouver la vérité dans les plus absurdes & les plus insipides fables.

(10) *Mais je pense, entre nous, que vous n'existez pas.*

Spinosa, dans son fameux livre, si peu lu, ne parle que de Dieu; & on lui a reproché de ne point reconnaître de Dieu. C'est qu'il n'a point séparé la Divinité, du grand tout qui existe par elle. C'est le Dieu de Straton, c'est le Dieu des Stoïciens.

Jupiter est quodcumque vides, quòcumque moveris.

C'est le Dieu d'Aratus dans le sens d'une philosophie audacieuse.

In Deo vivimus, movemur & sumus.

La marche de Spinosa est plus géométrique que celle de tous les Philosophes de l'antiquité. C'est le premier Athée qui ait procédé par lemmes & par théorêmes.

Bayle, en prenant la doctrine de Spinosa à la lettre, en raisonnant d'après ses paroles, trouve cette doctrine contradictoire & ridicule. En effet, qu'est-ce qu'un Dieu; dont tous les êtres seraient des modifications; qui serait jardinier, & plante, médecin & malade; homicide & mourant, destructeur & détruit?

Bayle paraît opposer à Spinosa une dialectique tres-supérieure. Mais quel est le sort de toutes les disputes! Jurieu regardait Bayle comme un compilateur d'idées plus dangereux que Spinosa. Arnaud & ses partisans tombaient sur Jurieu comme sur un fanatique absurde. Les jésuites accusaient Arnaud d'être au fond un ennemi de la religion; & tout Paris voiait dans les jésuites, les corrupteurs de la raison & de la morale, & les fabricateurs des lettres de cachet. Pour Spinosa, tout le monde en parlait, & personne ne le lisait.

Voici l'analise de tous ses principes.

Il ne peut exister qu'Une substance: car qui est par soi doit être Un, & ne peut être limité. La substance doit donc être infinie.

Une substance ne peut en faire une autre; puisqu'étant infinie par sa nature, un infini ne peut en créer un autre.

Il n'y a donc qu'Un infini dont tout est mode.

L'intelligence & la matiere existent: donc l'intelligence & la matière entrent dans la nature de cet Infini.

La substance étant infinie doit avoir une infinité d'attributs: donc l'infinité d'attributs est Dieu: donc Dieu est tout.

Ce systême a été assez refuté par l'humain Fénelon, par le subtil Lami, & sur-tout, de nos jours, par M. l'abbé Condillac.

Si d'illustres adversaires peuvent servir en quelque sorte à la gloire d'un auteur, on voit que jamais homme n'a été honoré d'ennemis plus respectables. Il a été attaqué par deux cardinaux des plus savans & des plus ingénieux qu'ait eu la France, tous deux chéris à la cour, tous deux ministres & ambassadeurs à Rome. Le premier lui fait la guerre en beaux vers latins dans son anti-Lucrece, le second en beaux vers français dans une épître instructive & agréable.

Voici quelques-uns des vers latins.

Dogmata complexus, partim vesana Stratonis
Restituit commenta, suisque erroribus auxit
Omnigeni Spinosa Dei fabricator, & orbem
Appellare Deum, ne quis Deus imperet orbi,
Tanquam esset domus ipsa domum qui condidit; ausus
Sic rediviva novo se se munimine cinxit
Impietas, tumidumque altâ caput extulit arce.
Scilicet ex toto rerum glomeramine numen
Construxit, cui sint pro corpore corpora cuncta,
Et cunctæ mentes pro mente, simulque perenni
Pro vitâ atque ævo, fuga temporis ipsa caduci
Et qui seclorum jugis devolvitur ordo.
Pana putes.

Voici quelques-uns des vers français.

Cesse de méditer dans ce sauvage lieu;
Homme, plante, animaux, esprit, corps, tout est Dieu;
Spinosa le premier connut mon existence;
Je suis l'être complet & l'unique substance;
La matière & l'esprit en sont les attributs,
Si je n'embrassais tout, je n'existerais plus.
Principe universel je comprends tous les êtres;
Je suis le souverain de tous les autres maîtres;
Les membres différens de ce vaste univers
Ne composent qu'un tout dont les modes divers

Dans les airs ; dans les cieux, sur la terre & sur l'onde,
Embellissent entre eux le théatre du monde ;
Et c'est l'accord heureux des êtres réunis,
Qui comble mes trésors & les rends infinis.

Le livre du *Systême de la Nature* qu'on nous a donné depuis peu, est d'un genre tout différent, c'est une Philippique contre Dieu. L'auteur prétend que la matiere existe seule, & qu'elle produit seule la sensation & la pensée. Pour avancer une idée aussi étrange, il faudrait au moins tâcher de l'appuyer sur quelque principe, & c'est ce que l'auteur ne fait pas. Il a pris cette opinion chez Hobbes, mais Hobbe se borne à la supposer, il ne l'affirme pas ; il dit que des Philosophes savans ont prétendu que tous les corps ont du sentiment. *Qui corpora omnia sensu esse prædita sustinuerunt.*

Depuis Brama, Zoroastre & Thaut jusqu'à nous, chaque Philosophe a fait son systême ; & il n'y en a pas deux qui soient de même avis. C'est un cahos d'idées dans lequel personne ne s'est entendu. Le petit nombre des Sages est toujours parvenu à détruire les châteaux enchantés, mais jamais à pouvoir en bâtir un logeable. On voit par sa raison ce qui n'est pas, on ne voit point ce qui est. Dans ce conflict éternel de témérités & d'ignorances, le monde est toujours allé comme il va ; les pauvres ont travaillé, les riches ont joui ; les puissans ont gouverné, & les philosophes ont argumenté, tandis que des ignorans se partageaient la terre.

(11) *Qu'il faut parler au Verbe, & qu'il vous répondra.*

Par quelle fatalité le systême de Mallebranche paraît-il retomber dans celui de Spinosa, comme deux vagues qui semblent se combattre dans une tempête, & le moment d'après s'unissent l'une dans l'autre ?

Dieu, dit Mallebranche, *est le lieu des esprits, de même que l'espace est le lieu des corps. Notre ame ne peut se donner d'idées. — Nos idées sont efficaces puisqu'elles agissent sur notre esprit. Or rien ne peut agir sur notre esprit que Dieu. — Donc il est nécessaire que nos idées se trouvent dans la substance efficace de la Divinité.* Livre 3, de l'esprit pur, partie 2.

Voilà les propres paroles de Mallebranche. Or si nous ne pouvons avoir de perceptions que dans Dieu, nous ne pouvons donc avoir de sentiment que dans lui, ne faire aucune action que dans lui ; cela me paraît évident. On peut donc en inférer que nous ne sommes que des modifications de lui-même. Il n'y a donc dans l'univers qu'une seule substance. Voilà le Spinosisme, le Stratonisme tout pur. Et Mallebranche pousse les illusions qu'il se fait à lui-même jusqu'à vouloir autoriser son système par des passages de St. Paul & de St. Augustin.

Je ne dis pas que ce savant Prêtre de l'Oratoire fut Spinosiste, à Dieu ne plaise ; je dis qu'il servait d'un plat dont un Spinosiste aurait mangé très volontiers. On sait que depuis il s'entretint familiérement avec le Verbe. Eh ! pourquoi avec le Verbe plutôt qu'avec le St. Esprit ? Mais comme il n'y avait personne en tiers dans la conversation, nous ne rendrons point compte de ce qui s'est dit. Nous nous contentons de plaindre l'esprit humain, de gémir sur nous-mêmes, & d'exhorter nos pauvres confreres les hommes à l'indulgence.

(12) *Exprès pour nous damner.*

Il faut avouer que ce systême, qui suppose que l'Etre tout-puissant, tout parfait & tout bon, a créé exprès des millions de milliards d'êtres raisonnables & sensibles, pour en favoriser quelques douzaines, & pour tourmenter tous les autres à tout jamais, paraîtra toujours un peu brutal à quiconque a des mœurs douces.

(13) *Que sans son harmonie*....

Notre ame étant *simple*, (car on suppose que son existence & sa *simplicité* sont prouvées) elle peut résider dans l'étoile du nord ou du petit chien, & notre corps végéter sur ce globe. L'ame a des idées là-haut, & notre corps fait ici les fonctions correspondantes à ces idées, à peu-près comme un homme prêche, tandis qu'un autre fait les gestes ; ou plutôt l'ame est l'horloge, & le corps sonne ici les heures. Il y a des gens qui ont étudié cela sérieusement ; & l'inventeur de ce systême est celui qui a disputé contre Newton, & qui peut même avoir eu raison sur quelques points.

Quant aux *monades*, tout Etre phisique étant composé, doit être un résultat d'Etres simples. Car dire qu'il est fait d'Etres composés, c'est ne rien dire. Des *monades* sans parties & sans étendue font donc l'étendue & les parties ; elles n'ont ni lieu, ni figure, ni mouvement, quoiqu'elles constituent des corps qui ont figure & mouvement dans un lieu.

Chaque *monade* doit être différente d'une autre, sans quoi ce serait un double emploi.

Chaque *monade* doit avoir des raports avec toutes les autres ; parce qu'il y en a entre les corps dont ces *monades* font l'assemblage. Ces raports entre ces *monades simples, inétendues* ne peuvent être que des idées, des perceptions. Il n'y a pas de raison, pour laquelle une monade ayant des raports avec une de ses compagnes, n'en ait pas avec toutes. Chaque monade voit donc toutes les autres, & par conséquent est un miroir concentrique de l'univers. Il y a un pays où cela s'est enseigné dans des écoles à des gens qui avaient de la barbe au menton.

(14) .... *Dans ces turlupinades.*

On a fait assez connaître l'idée d'aller disséquer des cervelles de Patagons pour voir la nature de l'ame ; d'examiner les songes pour savoir comment on pense dans la veille ; d'enduire les malades de poix-résine pour empêcher l'air de nuire ; de creuser un trou jusqu'au centre de la terre pour voir le feu central. Et ce qu'il y a de déplorable, c'est que ces folies ont causé des querelles & des infortunes.

(15) *Notre consul Maillet.* . . . . .

On connaît aussi le systême vraisemblable par lequel la mer a formé les montagnes, & la terre est de verre ; mais celui-là n'a encore rien de funeste. Certes ceux qui ont inventé la charrue, la navette & les poulies étaient des dieux bienfaisans en comparaison de tous ces rêveurs. Et il est vrai qu'un opéra comique vaut mieux que les systêmes de Cudworth, de Wiston, de Burnet & de Woodward. Car ces systêmes n'ont appris aucune vérité & n'ont fait aucun plaisir ; mais l'opéra des gueux & le déserteur ont fait passer très-agréablement le tems à plus de cent mille hommes.

(16) . . . . *Aux charniers, tout se mêle d'écrire.*

Charniers des Sts. Innocents, belle place de Paris près du palais royal, & non loin du Louvre. C'est là qu'on enterre tous les gueux au-lieu de les porter hors de la ville, comme on fait par-tout ailleurs. On y voit plusieurs écrivains qui font les placets au Roi, les lettres des cuisinieres à leurs amans, & les critiques des pieces nouvelles. On y a travaillé longtems à l'année littéraire. Il y a le style à cinq sous, & le style à dix sous.

Qu'on écrive les imaginations de Monsieur Oufle, les mémoires d'un homme de qualité, les soliloques d'une ame dévote ; ou que l'on condamne les idées innées, & que l'on condamne ensuite ceux qui les rejettent ; qu'on donne au public les lettres de Thérese à Sophie, ou qu'on dise en mauvais latin, *que la vraie religion a été selon la variété des tems, variée & diverse, quant à sa forme & quant à la clarté de la révélation, & que cependant elle a toujours été la même depuis Adam, quant à ce qui appartient à la substance*, que ces belles choses, dis-je, partent des charniers St. Innocent, ou de l'imprimerie de la veuve Simon, cela est bien égal, *Imitons le bon Dieu qui n'en à fait que rire.*

Concluons sur-tout, qu'une nation qui s'amuse continuellement de tant de sottises, doit être une nation extrêmement opulente & extrêmement heureuse, puisqu'elle est si oisive.

LES

CABALES.

Barbouilleurs de papier, d'où viennent tant d'intrigues,
Tant de petits partis, de cabales, de brigues?
S'agit-il d'un emploi de Fermier-général,
Ou du large chapeau qui coëffe un Cardinal?
Etes-vous au concláve? Aspirez-vous au trône (1)
Où l'on dit qu'autrefois monta Simon-Barjone?
Ça, que prétendez-vous? — De la gloire — Ah! gredin;
Sçais-tu bien que cent rois la briguèrent envain.
Sçais-tu ce qu'il couta de périls & de peines
Aux Condés, aux Sullis, aux Colberts, aux Turennes;
Pour avoir une place au haut du mont-sacré,
De sultan Moustapha pour jamais ignoré?
Je ne m'attendais pas qu'un crapaut du Parnasse
Eut pu, dans son bourbier, s'enfler de tant d'audace.

« Monsieur, écoutez-moi, j'arrive de Dijon,
» Et je n'ai ni logis, ni crédit, ni renom.
» J'ai fait de méchants vers; & vous pouvez bien croire

» Que je n'ai pas le front de prétendre à la gloire ;
» Je ne veux que l'ôter à quiconque en jouït.
» Dans ce noble métier l'ami Fiéron m'instruit ;
» Monsieur l'abbé *Profond* m'introduit chez les dames ;
» Avec deux beaux esprits nous ourdissons nos trames.
» Nous serons dans un mois l'un de l'autre ennemis ;
» Mais le besoin présent nous tient encore unis.
» Je me forme sous eux dans le bel art de nuire,
» Voilà mon seul talent ; c'est la gloire où j'aspire.

Laissons là de Dijon ce pauvre garnement (2),
Des bâtards de Zoïle imbécile instrument ;
Qu'il coure à l'hôpital où son destin le mène.
Allons nous réjouïr aux jeux de Melpomène....
Bon! j'y vois deux partis l'un à l'autre opposés.
Léon dix & Luther étaient moins divisés.
L'un claque, l'autre siffle ; & l'antre du parterre (3)
Et les caffés voisins sont le champ de la guerre.

Je vais chercher la paix au temple des chansons ;
J'entends crier » Lulli, Campra, Rameau, Bouffons (4).
» Etes-vous pour la France ou bien pour l'Italie?
Je suis pour mon plaisir, Messieurs. Quelle folie
Vous tient ici debout, sans vouloir écouter?

Ne ſuis-je à l'opéra que pour y diſputer?

Je ſors, je me dérobe aux flots de la cohue;
Les laquais aſſemblés cabalaient dans la rue.
Je me ſauve avec peine aux jardins ſi vantés
Que la main de Lenautre avec art a plantés.

D'autres fous à l'inſtant une troupe m'arrête;
Tous parlent à la fois, tous me rompent la tête....
» Avez-vous lu ſa piece? Il tombe, il eſt perdu;
» Par le dernier journal je le tiens confondu.
Qui? de quoi parlez-vous? D'où vient tant de colère?
Quel eſt votre ennemi? — » C'eſt un vil téméraire,
» Un rimeur inſolent qui cauſe nos chagrins;
» Il croit nous égaler en vers Alexandrins.
Fort bien: de vos débats je conçois l'importance.

Mais un gros de bourgeois de ce côté s'avance.
» Choiſiſſez, (me dit-on) du vieux ou du nouveau.
Je croyais qu'on parlait d'un vin qu'on boit ſans eau;
Et qu'on examinait ſi les gourmets de France
D'une vendange heureuſe avaient quelque eſpérance,
Ou que des érudits balançaient doctement
Entre la loi nouvelle & le vieux teſtament.
Un jeune candidat, de qui la chevelure
Paſſait de Clodion la royale coëffure, (5)

Me dit d'un ton de maître, avec peine adouci,
» Ce ſont nos Parlemens, dont il s'agit ici.
» Lequel préférez-vous? — Aucun d'eux, je vous jure.
Je n'ai point de procès; & dans ma vie obſcure
Je laiſſe au roi mon maître, en pauvre citoyen,
Le ſoin de ſon royaume, où je ne prétends rien.
Aſſez de grands eſprits, dans leur troiſieme étage,
N'ayant pu gouverner leur femme & leur ménage, (6)
Se ſont mis, par plaiſir, à régir l'univers.
Sans quitter leur grenier, ils traverſent les mers;
Ils raniment l'Etat, le peuplent, l'enrichiſſent;
Leurs marchands de papier ſont les ſeuls qui gémiſſent.
Moi, j'attends dans un coin que l'imprimeur du roi
M'apprenne, pour dix ſous, mon devoir & ma loi.
Tout confus d'un édit, qui rogne mes finances,
Sur mes biens écornés je règle mes dépenſes.
Rebuté de Plutus, je m'adreſſe à Cérès,
Ses fertiles bontés garniſſent mes guérêts.
La campagne en tout temps, par un travail utile,
Répara tous les maux qu'on nous fit à la ville.
On eſt un peu fâché; mais qu'y faire? — obéir.
A quoi bon cabaler, quand on ne peut agir?
» Mais, Monſieur, des Capets les loix fondamentales;
» Et le grenier à ſel, & les cours féodales,

» Et le gouvernement du Chancelier Duprat....

Monsieur, je n'entends rien aux matières d'Etat.
Ma loi fondamentale est de vivre tranquille.
La fronde était plaisante ; & la guerre civile (7)
Amusait la Grand'Chambre & le Coadjuteur.
Barricadez-vous bien ; je m'enfuis, serviteur.

A peine ai-je quitté mon jeune énergumène ;
Qu'un groupe de Savans m'enveloppe & m'entraîne.
D'un air d'autorité l'un d'eux me tire à part....
» Je vous goûtai, dit-il, lorsque de saint Médard (8)
» Vous crayonniez gaiement la cabale grossière
» Gambadant pour la grace au coin d'un cimetiere
» Les Billets au porteur des Chrétiens trépassés,
» Les fils de Loyola sur la terre éclipsés ;
» Nous applaudimes tous à votre noble audace,
» Lorsque vous nous prouviez qu'un maroufle à besace,
» Dans sa crasse orgueilleuse à charge au genre-humain,
» S'il eut béché la terre, eut servi son prochain.
» Jouissez d'une gloire avec peine achetée.
» Acceptez à la fin votre brevet d'athée.

Ah ! vous êtes trop bon. Je sens au fond du cœur
Tout le prix qu'on doit mettre à cet excès d'honneur.
Il est vrai, j'ai raillé saint Médard & la Bulle ;

Mais j'ai sur la nature encor quelque scrupule.
L'Univers m'embarasse, & je ne puis songer
Que cet horloge existe, & n'ait point d'horloger (9).
Mille abus, je le sais, ont regné dans l'Eglise:
Fleury le confesseur en parle avec franchise (10).
J'ai pu de les sifler prendre un peu trop de soin.
Eh! quel auteur, hélas! ne va jamais trop loin?
De saint Ignace encore on me voit souvent rire.
Je crois pourtant un Dieu, puisqu'il faut vous le dire...
» Ah traître! ah malheureux! je m'en étais douté.
» Va, j'avais bien prévu ce trait de lâcheté,
» Alors que de Maillet insultant la mémoire (11),
» Du monde qu'il forma, tu combattis l'histoire...
» Ignorant! vois l'effet de mes combinaisons.
» Les hommes autrefois ont été des poissons.
» La mer de l'Amérique a marché vers le Phâse.
» Les huitres d'Angleterre ont formé le Caucâse,
» Nous te l'avions appris; mais tu t'es éloigné
» Du vrai sens de Platon par nous seuls enseigné.
» Lâche! oses-tu bien croire une essence suprême?
Mais oui. — » De la nature as-tu lu le systême?
» Par ses propos diffus, n'es-tu pas foudroyé?
» Que dis-tu de ce livre? — Il m'a fort ennuyé.... (12)
» C'en est assez, ingrat! ta perfide insolence

» Dans mon premier Concile aura sa récompense.
» Va, sot adorateur d'un phantôme impuissant,
» Nous t'avions jusqu'ici préservé du néant.
» Nous t'y ferons rentrer ainsi que ce grand-Etre
» Que tu prends bassement pour ton unique maître.
» De mes amis, de moi, tu feras méprisé. —
Soit. — » Nous insulterons à ton génie usé. —
J'y consens — » Des fatras de brochures sans nombre
» Dans ta bierre à grands flots vont tomber sur ton ombre. —
Je n'en sentirai rien. — » Nous t'abandonnerons
» Aux puissans Langlevieux aux immortels Frérons. (13)

Ah! Bachelier du Diable, un peu plus d'indulgence.
Nous avons, vous & moi, besoin de tolérance.
Que deviendrait le monde & la société,
Si tout, jusqu'à l'Athée, était sans charité!
Permettez qu'ici-bas chacun fasse à sa tête.
J'avouerai qu'Epicure avait une ame honnête;
Mais le grand Marc-Aurele était plus vertueux.
Lucrèce avait du bon; Cicéron valait mieux.
Spinosa pardonnait à ceux dont la faiblesse
D'un moteur éternel admirait la sagesse.
Je crois qu'il est un Dieu; vous osez le nier.
Examinons le fait, sans nous injurier.

J'ai desiré cent fois, dans ma verte jeunesse;
De voir notre Saint-Père, au sortir de la messe,
Avec le grand Lama, dansant un cotillon;
Bossuet le funèbre embrassant Fénelon;
Et le verre à la main Le Tellier & Noailles
Chantant chez Maintenon des couplets dans Versailles.
Je préférais Chaulieu coulant en paix ses jours
Entre le Dieu des vers & celui des amours,
A tous ces froids Savans dont les vieilles querelles
Traînaient si pesamment les dégoûts après elles.
Des charmes de la paix mon cœur était frappé:
J'espérais en jouïr; je me suis bien trompé.
On cabale à la cour, à l'armée, au parterre.
Dans Londres, dans Paris, les esprits sont en guerre;
Ils y seront toujours. La Discorde autrefois,
Ayant brouillé les dieux, descendit chez les rois;
Puis dans l'église sainte établit son empire,
Et l'étendit bientôt sur tout ce qui respire.
Chacun vantait la paix que par-tout on chassa.
On dit que seulement par grace on lui laissa
Deux aziles fort doux; c'est le lit & la table.
Puisse-t-elle y fixer un règne un peu durable!
L'un d'eux me plaît encore. Allons, amis, buvons;
Cabalons pour Cloris, & faisons des chansons.

NOTES SUR LES CABALES,

Par Mr. DE MORZA.

(1) *Le trône.*

Ce trône est très-respectable. Il est sans doute l'objet d'une louable émulation. Simon fils de Jones, nommé Céphas ou Pierre, est un très-grand saint. Mais il n'eut point de trône. Celui au nom duquel il parlait, avait défendu expressément à tous ses envoyés de prendre même le nom de *docteur*, de *maître*, & avait déclaré que qui voudrait être le premier serait le dernier. Les choses sont changées; & dans la suite des tems le trône devint la récompense de l'humilité passée.

(2) *De Dijon ce pauvre garnement.*

Ce garnement de Dijon est un nommé Clément, maître de quartier dans un collége de Dijon, qui a fait un livre contre Messieurs de St. Lambert, de Lile, de Vatelet, Dorat & plusieurs autres personnes. L'auteur des Cabales fut maltraité dans ce livre où regne un air de suffisance, un ton décisif & tranchant qui a été tant blâmé par tous les honnêtes gens dans les hommes les plus acrédités de la littérature, & qui est le comble de l'insolence & du ridicule dans un jeune Provincial sans expérience & sans génie. On nous dit qu'il faut mépriser un auteur de libelles; oui, il faut le mépriser, & le corriger.

(3) *Et l'autre du parterre.*

C'est principalement au parterre de la comédie française ; à la représentation des pieces nouvelles, que les Cabales éclatent avec le plus d'emportement. Le parti qui fronde l'ouvrage & le parti qui le soutient, se rangent chacun d'un côté. Les émissaires reçoivent à la porte ceux qui entrent, & leur disent, venez-vous pour siffler ? mettez-vous là. Venez-vous pour applaudir, mettez-vous ici. On a joué quelquefois aux dez la chûte ou le succès d'une tragédie nouvelle au caffé de Procope. Ces Cabales ont dégoûté les hommes de génie, & n'ont pas peu servi à décréditer un spectacle qui avait fait si long-tems la gloire de la nation.

(4) *Rameau, Bouffons.*

La même manie a passé à l'opéra & a été encore plus tumultueuse. Mais les Cabales au théâtre français ont un avantage que les Cabales de l'opéra n'ont pas, c'est celui de la Satire raisonnée. On ne peut à l'opéra critiquer que des sons. Quand on a dit cette chaconne, cette loure me déplait, on a tout dit. Mais à la comédie on examine des idées, des raisonnemens, des passions, la conduite, l'exposition, le nœud, le dénouement, le langage. On peut vous prouver méthodiquement, & de conséquence en conséquence, que vous êtes un sot, qui avez voulu avoir de l'esprit, & qui avez assemblé quinze cent personnes pour leur prouver que vous en savez plus qu'eux. Chacun de ceux qui vous écoutent est sans le savoir un peu jaloux de vous ; il est en droit de vous critiquer, & vous êtes en droit de lui répondre. Le seul malheur est que vous êtes trop souvent un contre mille.

Il en va autrement en fait de musique ; il n'y a que le potier qui soit jaloux du potier, & le musicien du musicien, disait Hésiode. Il y faut seulement ajouter encore les partisans du musicien ; mais ceux-là sont ennemis & ne sont point jaloux. Dans les talens de l'esprit au contraire, tout le monde est jaloux en secret ; & voilà pourquoi tous les gens de lettres méprisés quand ils n'ont pas réussi, ont été persécutés dès qu'ils ont eu de la réputation.

(5) *La royale coëffure.*

Il n'y a pas long-tems que les jeunes conseillers allaient au tribunal les cheveux étalés, & poudrés blanc, ou blanc poudrés.

(6) *N'ayant pu gouverner.*

L'Europe est pleine de gens qui ayant perdu leur fortune veulent faire celle de leur patrie, ou de quelque état voisin. Ils présentent aux Ministres des mémoires qui rétabliront les affaires publiques en peu de tems ; & en attendant, ils demandent une aumône qu'on leur refuse. Boisguilbert qui écrivit contre le grand Colbert, & qui ensuite osa attribuer sa dixme royale au maréchal de Vauban, s'était ruiné. Ceux qui font assez ignorants pour le citer encore aujourd'hui, croyant citer le maréchal de Vauban, ne se doutent pas que si on suivait ses beaux systêmes, le royaume serait aussi misérable que lui. Celui qui a imprimé le moyen d'enrichir l'Etat sous le nom du Comte de Boulainviliers, est mort à l'hôpital. Le petit la Jonchere qui a donné tant d'argent au Roi en quatre volumes, demandait l'aumône. Tels sont les gens qui enseignent l'art de s'enrichir par le commerce après avoir fait banqueroute, & ceux qui font le tour du monde sans sortir de leur cabinet, & ceux qui n'ayant jamais possédé une charrue remplissent nos greniers de froment. D'ailleurs la littérature ne subsiste presque plus que d'infâmes plagiats ou de libelles. Jamais cette profession si belle n'a été ni si universelle ni si avilie.

(7) *La fronde était plaisante.*

La fronde en effet était fort plaisante, si on ne regarde que ses ridicules. Le Président le Cogneux qui chasse de chez lui son fils le célèbre Bachaumont, Conseiller au Parlement, pour avoir opiné en faveur de la cour, & qui fait mettre ses chevaux dans la rue, Bachaumont qui lui dit, mon père, mes chevaux n'ont pas opiné, & qui de raillerie en raillerie fait boire son père à la santé du Cardinal Mazarin proscrit par le Parlement; le gentilhomme ami du Coadjuteur qui vient pour le servir dans la guerre civile, & qui trouvant un de ses camarades chez ce Prélat, lui dit, il n'est pas juste que les deux plus grands fous du royaume servent sous le même drapeau, il faut se partager, je vais chez le Cardinal Mazarin, & qui en effet va de ce pas battre les troupes auxquelles il était venu se joindre; ce même Coadjuteur qui prêche & qui fait pleurer des femmes, un de ses convives qui leur dit, Mesdames, si vous saviez ce qu'il a gagné avec vous, vous pleureriez bien davantage: ce même Archevêque qui va au Parlement avec un poignard, & le peuple qui crie, c'est son bréviaire; & toutes les expéditions de cette guerre méditées au cabaret, & les bons mots, & les chansons qui ne finissaient point; tout cela serait bon sans doute pour un opéra comique. Mais les fourberies, les pillages, les rapines, les scélératesses, les assassinats, les crimes de toute espece dont ces plaisanteries étaient accompagnées, formaient un mêlange hideux des horreurs de la ligue & des farces d'arlequin. Et c'étaient des gens graves, des *patres conscripti*, qui ordonnaient ces abominations & ces ridicules. Le cardinal de Rets dit dans ses mémoires *que le Parlement faisait par des arrêts la guerre civile, qu'il aurait condamnée lui-même par les arrêts les plus sanglants.*

L'auteur que je commente, avait peint cette guerre de singes dans le siecle de Louis XIV ; un de ces Magistrats qui ayant acheté leurs charges quarante ou cinquante mille francs, se croiaient en droit de parler orgueilleusement aux Lettrés, écrivit à l'auteur que Messieurs pourraient le faire repentir d'avoir dit ces vérités, quoique reconnues. Il lui répondit : » Un Empereur de la Chine dit un jour à l'his- » toriographe de l'empire, je suis averti que vous mettez par » écrit mes fautes, tremblez. L'historiogaphe prit sur le champ des tablettes. Quosez ? vous écrire là ? ce que votre majesté vient de me dire. L'Empereur se recueillit, & dit : écrivez tout, mes fautes seront réparées.

(8) *Lorsque de saint Médard.*

On connaît le fanatisme des convulsions de St. Médard qui durerent si long-tems dans la populace, & qui furent entretenues par le président Dubois, le conseiller Carré & d'autres énergumenes. La terre a été mille fois inondée de superstitions plus affreuses : mais jamais il n'y en eut de plus sotte & de plus avilissante. L'histoire des billets de confession & l'expulsion des jésuites succéderent bientôt à ces facéties. Observez sur-tout que nous avons une liste de miracles opérés par ces malheureux, signée de plus de cinq cent personnes. Les miracles d'Esculape, ceux de Vespasien, & d'Apollonius de Thiane, n'ont pas été plus autentiques.

(9) *Que cette horloge existe.*

Si une horloge prouve un horloger, si un palais annonce un architecte, comment en effet l'univers ne démontre-t-il pas une intelligence suprême ? Quelle plante, quel animal, quel élément, quel astre ne porte pas l'empreinte de celui que Platon appellait l'éternel géomètre ? Il me semble que le corps du moindre animal démontre une profondeur & une unité de dessein qui doit à la fois nous ravir en admiration & attérer notre esprit. Non-seulement ce chétif insecte est une machine dont tous les ressorts sont faits exactement l'un pour l'autre ; non-seulement il est né, mais il vit par un art que nous ne pouvons ni imiter ni comprendre ; mais sa vie a un rapport immédiat avec la nature entiere, avec tous les éléments, avec tous les astres dont la lumiere se fait sentir à lui. Le soleil le réchauffe, & les rayons qui partent de Sirius à quatre cent millions de lieues au-delà du soleil, pénétrent dans ses petits yeux selon toutes les regles de l'optique. S'il n'y a pas là immensité & unité de dessein qui démontrent un fabricateur intelligent, immense, unique, incompréhensible, qu'on nous démontre donc le contraire. Mais c'est ce qu'on n'a jamais fait. Platon, Neuton, Loke ont été frappés également de cette grande vérité. Ils étaient Theistes dans le sens plus rigoureux & le plus respectable.

Des objections ! on nous en fait sans nombre ; des ridicules ! on croit nous en donner en nous appellant cause finaliers, mais des preuves contre l'existence d'une intelligence suprême, on n'en a jamais apporté aucune. Spinosa lui-même est forcé de reconnaître cette intelligence ; & Virgile avant lui, & après tant d'autres avait dit, *Mens agitat molem.* C'est ce *Mens agitat molem* qui est le fort de la dispute entre les Athées & les Théistes, comme l'avoue le géomètre Clarke dans son livre de l'existence de Dieu, livre le plus éloigné de notre bavarderie ordinaire, livre le plus profond & le plus serré que nous ayons sur cette matiere, livre auprès du quel ceux de Platon ne sont que des mots, & auquel je ne pourrais préférer que le naturel & la candeur de Loke.

(10) *Fleuri le confesseur en parle avec franchise:*

Fleuri, célèbre par ses excellens discours qui sont d'un sage écrivain & d'un citoyen zélé ; connu aussi par son histoire ecclésiastique qui ressemble trop en plusieurs endroits à la légende dorée.

(11) *Alors que de Maillet*, &c.

Ce consul Maillet fut un de ces charlatans dont on a dit qu'ils voulaient imiter Dieu, & créer un monde avec la parole. C'est lui qui abusant de l'histoire de quelques boulevérsemens avérés arrivés dans ce globe, prétend que les mers avaient formé les montagnes, & que les poissons avaient été changés en hommes. Aussi quand on a imprimé son livre, on n'a pas manqué de le dédier à Cirano de Bergerac.

(12) *Il m'a fort ennuyé.*

Il y a des morceaux éloquents dans ce livre ; mais il faut avouer qu'il est diffus, & quelquefois déclamateur, qu'il se contredit, qu'il affirme trop souvent ce qui est en question, & sur-tout qu'il est fondé sur de prétendues expériences dont la fausseté & le ridicule sont aujourd'hui reconnues & sifflées de tout le monde. Tenons-nous en à ce dernier article qui est le plus palpable de tous. C'est cette fameuse transmutation qu'un pauvre jésuite Anglais nommé Needham crut avoir faite de jus de mouton & de bled pourri, en petites anguilles ; lesquelles produisaient bientôt une race innombrable d'anguilles. Nous en avons parlé ailleurs.

On disait au jésuite Needham que cela n'était bon que du tems d'Aristote, de Gamaliel, de Flavien-Joseph, & de Philon, où l'on croiait que la génération s'opérait par la corruption, & que le limon de l'Egypte formait des rats. Il répondait que nôtre Sauveur lui-même & ses Apôtres avaient dit plusieurs fois qu'il faut que le bled pourrisse & meure pour lever & pour produire, & que par conséquent son bled pourri & son jus de mouton faisaient naître des races d'anguilles infailliblement. On avait beau lui repliquer que Jesus-Christ daignait se conformer aux idées fausses & grossieres des paysans Galiléens, ainsi qu'il daignait se vêtir à leur mode, parler leur langage, & observer tous leurs rites; mais que la sagesse incarnée devait bien sçavoir que rien ne peut naître sans germe; que son systême était aussi dangereux qu'extravagant; que si on pouvait former des anguilles avec du jus de mouton, on ne manquerait pas de former des hommes avec du jus de perdrix; qu'alors on croiroit pouvoir se passer de Dieu, & que les athées s'empareraient de la place. Needham n'en démordait point; & aussi mauvais raisonneur que mauvais chimiste, il persista long-tems à se croire créateur d'anguilles. De sorte que par une étrange bizarrerie un jésuite se servait des propres paroles de Jesus-Christ pour établir son opinion ridicule, & les athées se servaient de l'ignorance & de l'opiniâtreté d'un jésuite pour se confirmer dans l'athéisme. On citait par-tout la découverte de Needham. Un des plus intrépides athées m'assurait que dans la ménagerie du Prince Charles à Bruxelle, il y avait un lapin qui faisait tous les mois des lapreaux à une poule. Enfin, l'expérience du jésuite fut reconnue pour ce qu'elle était; & les athées furent obligés de se pourvoir ailleurs.

Spinosa, circonspect & fort honnête homme. Nous l'appellons ici Barutz, parce que c'est son véritable nom. On ne lui a donné celui de Bénoît, que par erreur. Il ne fut jamais batisé. Nous avons fait une note plus longue sur ce sophiste à la suite du petit poëme sur les systêmes.

(13) *Au puissant Langlevieux.*

C'est ce même Langlevieux la Beaumelle, dont il est parlé ainsi dans un recueil de pieces imprimé en 1771.

» Le Sr. Labeaumelle en 1752, vendit à Francfort au librai» re Esselinger pour dix-sept louis d'or, le siecle de Louis » XIV. dont il avait fait un libelle diffamatoire. Il le chargea » de notes dans lesquelles il dit, qu'il soupçonne Louis XIV. » d'avoir fait empoisonner le marquis de Louvois son ministre » dont il était excédé, & qu'en effet ce ministre craignait » que le Roi ne l'empoisonnât. (*Tome III, pag.* 269 & 271).

» Que Louis XIV. aiant promis à madame de Maintenon » de la déclarer Reine, madame la Duchesse de Bourgogne ir» ritée engagea le Prince son époux, père du Roi règnant, à » ne point secourir Lile, assiégée alors par le Prince Eugène, » & à trahir son Roi, son aïeul & sa patrie. Il ajoute que l'ar» mée des assiégeans jettait dans Lile des billets dans lesquels » il était écrit. *Rassurez-vous, François, la Maintenon ne sera* » *pas Reine, nous ne leverons pas le siege.*

» La Beaumelle rapporte la même anecdote dans les mé» moires qu'il a fait imprimer sous le nom de madame de » Maintenon. (*Tome IV. pag.* 109.)

» Qu'on trouva l'acte de célébration de mariage de Louis » XIV. avec madame de Maintenon, dans de vieilles culottes » de l'Archevêque de Paris; mais qu'un tel mariage n'est pas » extraordinaire, attendu que Cléopatre déjà vieille enchaîna » Auguste. (*Tome III, pag.* 75.)

» Que le Duc de Bourbon étant premier ministre fit as» sassiner Vergier, ancien commissaire de Marine, par un » Officier auquel il donna la croix de St. Louis pour ré» compense. (*Tome III. du siecle, pag.* 323.)

» Que le grand père de l'Empereur aujourd'hui règnant,

» avait, ainsi que sa maison, des empoisonneurs à gages.
» (*Tome II, pag. 345.*)

» Les calomnies absurdes contre le Duc d'Orléans, régent
» du royaume, sont encore plus exécrables ; on ne veut pas en
» souiller le papier. Les enfans de la Voisin, de Cartouche &
» de Damiens, n'auraient jamais osé écrire ainsi, s'ils avaient
» sçu écrire. L'ignorance de ce malheureux égalait sa détes-
» table impudence.

» Cette ignorance est poussée jusqu'à dire que la loi qui
» veut que le premier Prince du sang hérite de la couronne
» au défaut d'un fils du Roi, *n'exista jamais.*

» Il assure hardiment que le jour que le Duc d'Orléans se fit
» reconnaître à la cour des Pairs, régent du royaume, le
» Parlement suivit constamment l'instabilité de ses pensées ;
» que le premier Président de Maisons était prêt à former un
» parti pour le Duc Dumaine, quoiqu'il n'y ait jamais eu de
» premier Président de ce nom.

» Toutes ces inepties écrites du style d'un laquais qui veut
» faire le bel esprit & l'homme important, furent reçue
» comme elles le méritaient ; on n'y prit pas garde, mais on
» rechercha le malheureux qui pour un peu d'argent avait
» vomi tant de calomnies atroces contre toute la famille roya-
» le, contre les ministres, les généraux & les plus honnêtes
» gens du royaume. Le gouvernement fut assez indulgent pour
» se contenter de le faire enfermer dans un cachot le 24 Avril
» 1753.

» Après avoir publié ces horreurs, il se signala par un autre
» libelle intitulé, *Mes Pensées*, dans lequel il insulta nommé-
» ment Messieurs d'Erlach, de Vateville, de Diesbach, de
» Sinner, & d'autres membres du conseil souverain de Berne
» qu'il n'avait jamais vus. Il voulut ensuite en faire une nou-
» velle édition ; Monsieur le Comte d'Erlach en écrivit en

» France où la Beaumelle était pour lors ; on l'exila dans le » pays des Cévennes dont il est natif.

» Il avait outragé la Maison de Saxe dans le même libelle » (*page* 108.) & s'était enfui de Gotha avec une femme de » chambre qui venait de voler sa maîtresse.

» Lorsqu'il fut en France il demanda un certificat à madame » la Duchesse de Gotha. Cette Princesse lui fit expédier ce- » lui-ci.

» On se rappelle très-bien que vous partites d'ici avec la » gouvernante des enfans d'une dame de Gotha ; qui s'éclipsa » furtivement avec vous après avoir volé sa maîtresse ; ce dont » tout le public est pleinement instruit ici. Mais nous ne disons » pas que vous ayez part à ce vol. A Gotha 24 Juillet 1767. » signé, ROUSSAULT, conseiller aulique de Son Altesse Séré- » nissime.

Ce même homme s'est depuis associé avec Fréron, & malgré tant d'horreurs & tant de bassesses, il a surpris la protection d'une personne respectable qui ignorait ses excès ridicules. Mais, *oportet cognosci malos.*

Nous ajouterons à cette note que Boileau attaqua toujours des personnes dont il n'avait pas le moindre sujet de se plaindre, & que notre auteur s'est toujours borné à repousser les injures & les calomnies des *Rollets* de son tems. Il y avait deux partis à prendre, celui de négliger les impostures atroces que la Beaumelle a vomies pendant vingt ans, & celui de les relever. Nous avons jugé le dernier parti plus juste & plus convenable.

C'est rendre un service essentiel à plus de cent familles, de faire connaître le vil scélérat qui a osé les outrager.

Les ministres d'Etat, & tous ceux qui sont chargés de maintenir l'ordre public, doivent sçavoir que ces libelles méprisables sont recherchés dans l'Allemagne, dans l'Angle terre, dans tout le Nord; qu'il y en a de toute espece; qu'on les lit avidement, comme on y boit pour du vin de Bourgogne les vins fait à Liège, que la faim & la malice produisent tous les jours de ces ouvrages infames, écrits quelquefois avec assez d'artifice; que la curiosité les dévore, qu'ils font peudant un temps une impression dangereuse; que depuis peu l'Europe a été inondée de ces scandales; & que plus la iangue française a de cours dans les pays étrangers, plus on doit l'employer contre les malheureux qui en font un si coupable usage, & qui se rendent si indignes de leur patrie.

LA BEGUEULE, *CONTE MORAL.*

DAns ſes écrits un ſage Italien
Dit que le mieux eſt l'ennemi du bien.
Non qu'on ne puiſſe augmenter en prudence ;
En bonté d'ame, en talens, en ſcience.
Cherchons le mieux ſur ces chapitres-là :
Par tout ailleurs évitons la chimère.
Dans ſon état, heureux qui peut ſe plaire,
Vivre à ſa place, & garder ce qu'il a !
 La belle Arsène en eſt la preuve claire.
Elle était jeune ; elle avait à Paris
Un tendre époux empreſſé de complaire
A ſon caprice, & ſoufrant ſes mépris.
L'oncle, la ſœur, la tante, le beau-père,
Ne brillaient pas parmi les beaux-eſprits ;
Mais ils étaient d'un fort bon caractère.
Dans le logis, des amis fréquentaient ;
Beaucoup d'aiſance ; une aſſez bonne-chère ;
Les paſſe-tems que nos gens connaiſſaient,
Jeu, bal, ſpectacle & ſoupers agréables

Rendaient ses jours à peu-près tolérables.
Car vous savez que le bonheur parfait
Est inconnu ; pour l'homme il n'est pas fait.
Madame Arsène était fort peu contente
De ses plaisirs. Son superbe dégout
Dans ses dédains fuyait ou blâmait tout :
On l'apellait la belle impertinente.
  Or admirez la faiblesse des gens.
Plus elle était distraite, indiférente,
Plus ils tâchaient, par des soins complaisans,
D'aprivoiser son humeur méprisante ;
Et plus aussi notre belle abusait
De tous les pas que vers elle on faisait.
Pour ses amans encor plus intraitable,
Aise de plaire, & ne pouvant aimer,
Son cœur glacé se laissait consumer
Dans le chagrin de ne voir rien d'aimable.
D'elle à la fin chacun se retira.
De courtisans elle avait une liste ;
Tout prit parti ; seule elle demeura
Avec l'orgueil, compagnon dur & triste :
Boufi, mais sec, ennemi des ébats,
Il renfle l'ame & ne la nourit pas.
  La dégoutée avait eu pour maraine
La fée Aline. On sait que ces esprits
Sont mitoyens entre l'espèce humaine

Et la divine ; & monsieur Gabalis
Mit par écrit leur histoire certaine.
La fée allait quelquefois au logis
De sa filleule, & lui disait : » Arsène,
» Es-tu contente à la fleur de tes ans ?
» As-tu des goûts & des amusemens ?
» Tu dois mener une assez douce vie ".
L'autre en deux mots répondait : *je m'ennuye.*
» C'est un grand mal (dit la fée) & je croi
» Qu'un beau secret c'est de vivre chez soi ".
Arsène enfin conjura son Aline
De la tirer de son maudit pays.
» Je veux aller à la sphère divine :
» Faites moi voir votre beau paradis ;
» Je ne saurais supporter ma famille,
» Ni mes amis. J'aime assez ce qui brille,
» Le beau, le rare ; & je ne puis jamais
» Me trouver bien que dans votre palais.
» C'est un goût vif dont je me sens coëffée ".
» Très volontiers, dit l'indulgente fée ".
Tout aussi-tôt dans un char lumineux
Vers l'orient la belle est transportée :
Le char volait ; & notre dégoûtée,
Pour être en l'air, se croyait dans les cieux.
Elle descend au séjour magnifique
De la maraine. Un immense portique

D'or ciselé dans un goût tout nouveau;
Lui parut riche & passablement beau;
Mais ce n'est rien, quand on voit le château.
Pour les jardins c'est un miracle unique;
Marli, Versaille, & leurs petits jets-d'eau
N'ont rien auprès qui surprenne & qui pique.
La dédaigneuse à cette œuvre angélique
Sentit un peu de satisfaction.
Aline dit: » voilà votre maison,
» Je vous y laisse un pouvoir despotique,
» Commandez-y. Toute ma nation
» Obéira sans aucune réplique.
» J'ai quatre mots à dire en Amérique;
» Il faut que j'aille y faire quelques tours;
» Je reviendrai vers vous dans peu de jours.
» J'espère au moins, dans ma douce retraite,
» Vous retrouver l'ame un peu satisfaite ".
Aline part. La belle en liberté,
Reste & s'arange au palais enchanté,
Commande en reine ou plutôt en déesse.
De cent beautés une foule s'empresse
A prévenir ses moindres volontés.
A-t-elle faim? Cent plats sont aportés;
De vrai nectar la cave était fournie,
Et tous les mets sont de pure ambrosie;
Les vases sont du plus fin diamant.

Le repas fait, on la mène à l'instant
Dans les jardins, sur les bords des fontaines;
Sur les gazons, respirer les haleines
Et les parfums des fleurs & des zephyrs.
Vingt chars brillants de rubis, de saphirs,
Pour la porter se présentent d'eux-mêmes:
Comme autrefois les trepiés de Vulcain
Allaient au ciel par un ressort divin
Ofrir leur siège aux majestés suprêmes.
De mille oiseaux les doux gazouillemens;
L'eau qui s'enfuit sur l'argent des rigoles,
Ont accordé leurs murmures charmans:
Les perroquets répétaient ses paroles,
Et les échos les disaient après eux.
Telle Psyché par le plus beau des dieux
A ses parens avec art enlevée,
Au seul amour dignement réservée;
Dans un palais des mortels ignoré,
Aux élémens commandait à son gré.
Madame Arsène est encor mieux servie
Plus d'agrémens environnaient sa vie;
Plus de beautés décoraient son séjour:
Elle avait tout, mais il manquait l'amour.
On lui donna le soir une musique,
Dont les acords & les accens nouveaux
Feraient pâmer soixante cardinaux.

Ces sons vainqueurs allaient au fond des ames.
Mais elle vit, non sans émotion,
Que pour chanter on n'avait que des femmes.
» Dans ce palais point de barbe au menton!
» A quoi (dit-elle) a pensé ma maraine?
» Point d'homme ici! Suis-je dans un couvent?
» Je trouve bon que l'on me serve en reine;
» Mais sans sujets la grandeur est du vent.
» J'aime à régner, sur des hommes s'entend:
» Ils sont tous nés pour ramper dans ma chaîne.
» C'est leur destin, c'est leur premier devoir;
» Je les méprise & je veux en avoir ».
Ainsi parlait la recluse intraitable.
Et cependant les nymphes sur le soir
Avec respect ayant servi sa table,
On l'endormit au son des instrumens.
  Le lendemain mêmes enchantemens,
Mêmes festins, pareille sérénade;
Et le plaisir fut un peu moins piquant.
Le lendemain lui parut un peu fade.
Le lendemain fut triste & fatigant.
Le lendemain lui fut insuportable.
  Je me souviens du tems trop peu durable,
Où je chantais dans mon heureux printems
Des lendemains plus doux & plus plaisans.
  La belle yuon chaque jour fêtoyée

Fut tellement de ſa gloire ennuyée,
Que déteſtant cet excès de bonheur,
Le paradis lui faiſait mal au cœur.
Se trouvant ſeule elle aviſe une brêche
A certain mur ; & ſemblable à la flêche
Qu'on voit partir de la corde d'un arc,
Madame ſaute, & vous franchit le parc.
  Au même inſtant palais, jardins, fontaines ;
Or, diamans, émeraudes, rubis,
Tout diſparaît à ſes yeux ébaubis.
Elle ne voit que les ſtériles plaines
D'un grand déſert, & des rochers affreux :
La dame alors, s'arachant les cheveux,
Demande à Dieu pardon de ſes ſotiſes.
La nuit venait ; & déjà ſes mains griſes
Sur la nature étendaient ſes rideaux.
Les cris perçans des funèbres oiſeaux,
Les hurlemens des ours & des panthères
Font retentir les antres ſolitaires.
Quelle autre fée, hélas ! prendra le ſoin
De ſecourir ma folle avanturière ?
  Dans ſa détreſſe elle aperçut de loin,
A la faveur d'un reſte de lumière,
Au coin d'un bois, un vilain charbonnier ;
Qui s'en allait par un petit ſentier
Tout en ſiflant retrouver ſa cahumière.

» Qui que tu sois (lui dit la beauté fière)
» Vois en pitié le malheur qui me suit ;
» Car je ne sais où coucher cette nuit ».
Quand on a peur, tout orgueil s'humanise.
Le noir pataut, la voyant si bien mise,
Lui répondit : » Quel étrange démon
» Vous fait aller dans cet état de crise,
» Pendant la nuit, à pied, sans compagnon?
» Je suis encor très loin de ma maison.
» Ça, donnez-moi votre bras, ma mignone;
» On recevra sa petite personne
» Comme on poura. J'ai du lard & des œufs.
» Toute Française, à ce que j'imagine,
» Sait, bien ou mal, faire un peu de cuisine.
» Je n'ai qu'un lit; c'est assez pour nous deux ».
Disant ces mots, le rustre vigoureux,
D'un gros baiser sur sa bouche ébahie,
Ferme l'accès à toute répartie;
Et par avance il veut être payé
Du nouveau gîte à la belle octroyé.
» Hélas, hélas! (dit la dame affligée)
» Il faudra donc qu'ici je sois mangée
» D'un charbonnier ou de la dent des loups »!
Le désespoir, la honte, le courroux
L'ont sufoquée; elle est évanouie.
Notre galant la rendait à la vie:

La ſée arrive, & peut-être un peu tard.
Préſente à tout elle était à l'écart.
» Vous voyez bien (dit-elle à ſa filleule)
» Que vous étiez une franche bégueule
» Ma chère enfant; rien n'eſt plus périlleux
» Que de quiter le bien pour être mieux".
  La leçon faite, on reconduit ma belle
Dans ſon logis: tout y changea pour elle
En peu de tems, ſitôt qu'elle changea.
Pour ſon profit elle ſe corigea.
Sans avoir lu les beaux moyens de plaire
Du ſieur Moncrif, & ſans livre, elle plut.
Que falait-il à ſon cœur? . . . . Qu'il voulût.
Elle fut douce, atentive, polie,
Vive & prudente; & prit même en ſecret
Pour charbonnier un jeune amant diſcret,
Et fut alors une femme acomplie.

JEAN
QUI PLEURE
ET
QUI RIT.

Quelquefois le matin quand j'ai mal digéré,
Mon esprit abatu, tristement éclairé,
Contemple avec éfroi la funeste peinture
Des maux dont gémit la nature:
Aux erreurs, aux tourmens, le genre humain livré;
Les crimes, les fléaux de cette race impure,
Dont le diable s'est emparé.
Je dis au mont Etna: pourquoi tant de ravages
Et ces sources de feu qui sortent de tes flancs?
Je redemande aux mers, tous ces tristes rivages
Disparus autrefois sous leurs flôts écumans,
Et je dis aux tyrans
Vous avez troublé le monde
Plus que les fureurs de l'onde,
Et les flammes des volcans:
Enfin lorsque j'envisage
Dans ce malheureux séjour
Quel est l'horrible partage
De tout ce qui voit le jour;

Et que la loi suprême est qu'on souffre, & qu'on meure,

Je pleure.

Mais lorsque sur le soir avec des libertins,
Et plus d'une femme agréable
Je mange mes perdreaux, & je bois les bons vins;
Dont monsieur d'Aranda vient de garnir ma table,
Quand loin des fripons, & des sots,
La gaieté, les chansons, les graces, les bons mots
Ornent les entremets d'un souper délectable,
Quand sans regreter mes beaux jours,
J'aplaudis aux nouveaux amours
De Cléon, & de sa maîtresse,
Et que la charmante amitié
Seul nœud dont mon cœur est lié,
Me fait oublier ma vieillesse;
Cent plaisirs renaissans réchausent mes esprits,

Je ris.

Je vois, quoique de loin, les partis, les cabales
Qui soufflent dans Paris, vainement agité
Des inimitiés infernales;
Et versent leurs poisons sur la société:
L'infame calomnie avec perversité,
Répand ses ténébreux scandales;
On me parle souvent du nord ensanglanté,
D'un roi sage & clément chez lui persécuté,
Qui dans sa royale demeure
N'a pû trouver sa sûreté;
Que ses propres sujets poursuivent à toute heure;

Je pleure.

Mais si monsieur Terray veut bien me rembourser ;
Si mes prés, mes jardins, mes forêts s'embélissent,
Si mes vassaux se réjouissent,
Et sous l'orme viennent danser ;
Si par fois, pour me délasser,
Je relis l'Arioste, ou même la Pucelle ;
Toujours catin, toujours fidèle,
Ou quelqu'autre impudent dont j'aime les écrits,

Je ris.

Il le faut avouer, telle est la vie humaine ;
Chacun a son lutin, qui toujours le promène
Des chagrins aux amusemens.
De cinq sens tout au plus malgré moi je dépends,
L'homme est fait, je le sais, d'une pâte divine ;
Nous serons tous un jour des esprits glorieux ;
Mais dans ce monde-ci l'ame est un peu machine :
La nature change à nos yeux,
Et le plus triste Héraclite,
Quand ses affaires vont mieux,
Redevient un Démocrite.

RÉPONSE

A L'AUTEUR,

Par Mr. l'abbé DE VOIS ***.

DU tems vous trompez les éforts,
Et moi j'en éprouve l'outrage;
Vous savez vous passer de corps,
Votre esprit ne change point d'âge;
Les neiges sont devant vos yeux,
Le printems est dans votre tête,
Tous vos vers sont des fleurs de fête,
Tous vos jours sont des jours heureux.
D'Apollon vous tenez la caisse,
De ce dieu vous visez les *bons*,
Et, quoique vous payiez sans cesse,
Vous ne dites pas; *point de fonds.*
Pour moi, débile créature,
La triste main de la nature
Etend un crêpe sur mes jours:
Mes yeux m'étaient d'un grand secours
Pour lire les fruits de vos veilles,
Je les perds, & j'ai des oreilles
Pour entendre de sots discours.

Poursuivi par la calomnie ;
Je ne sens plus que le poids de la vie ;
Mon bonheur est dans le cercueil
De mon iréparable amie ;
L'univers me paraît en deuil.
O vous ! rare ornement de notre académie,
Vous nous garantissez son immortalité.
Que les cris aigus de l'envie
N'altèrent point votre gaieté !
Vous ne mourez jamais ; moi je meurs à toute heure ;
Vous êtes *Jean qui rit*, & je suis *Jean qui pleure*.

www.ingramcontent.com/pod-product-compliance
Ingram Content Group UK Ltd.
Pitfield, Milton Keynes, MK11 3LW, UK
UKHW020358220726
13923UKWH00004B/1654

9 782019 710040